검은 눈 자작나무

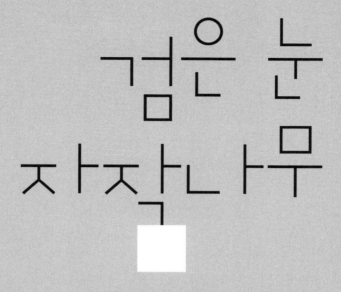

검은 눈
자작나무

시인수첩 시인선 019

조현석 시집

문학수첩

세상은 너무 많은 말을 들려준다.

그 말들을 제대로 기억하지 못하고 시간만 덧없이 흘렀다.

데뷔 30년 만에 네 번째 시집을 묶는다.

무심했거나 게을렀거나 잠시 외면한 탓도 있다.

세상에서 받은 여러 상처를 여기 기록한다.

다시 볼 수 없는 꽃이 피고 지고 할 것이다.

또 얼마의 시간이 흘러야 할까.

2018년 가을

2부 검은 눈 자작나무

3부 사막을 읊다

4부 치유의 핑계

해설 | 고봉준(문학평론가)

1부

이별의 고고학

자코메티의 언어로

출근 후 컴퓨터 바탕화면의 작은 모래시계만 응시한다
작은 구멍 비집고 빠져나가려는 비만의 모래들
언제 멈출지 모를 셀 수 없는 불안 하나하나 헤아린다

잔혹한 햇살, 배려 없는 그늘, 뜨거운 바람의 채찍이여
땡볕 속 지치지 않고 말라갔으니 나 죽기 직전이다
온 뼈마디마다 살려달라, 고왔던 청춘 돌려달라 소리
지른다

모래가 다시 돌아올 날 기다리며 은하수 위에서 노를
저었다
그 사이 숨 쉴 틈 없이 돌아나가는 회오리의 생각을
나무란다
하루의 청춘 홀랑 태워 뼈만 남은 퇴근길은 지독하게
아득하다

말라비틀어진 생각 하나가 살찐 몸뚱어리를 측은해한다

천수관음도

어느 항구도시에 나이 어린 건달 하나 있었다 하네 그는 조직의 최고 자리에 올라가고 싶은 욕망이 컸다 하네 산골마을에 사는 어머니는 대도시로 돈 벌러 나간 외아들의 무사안일을 위해 새벽 예불에 꼭 참석했다 하네 그 마음을 아는 아들은 절대 살인만은 하지 않겠다 결심했다 하네

그러나 건달은 건달일 뿐, 자신도 모를 죄 지으면 넓은 등짝에 문신을 새기기로 했다 하네 날카로운 댓잎 번뜩이는 대숲 속의 백호, 구름 속 하늘로 오르는 뒤엉킨 쌍용 등 흔한 형님들의 문신과는 색다른 천수관음도가 그것이라 하네

피가 튀고 살이 찢기는 현장에서 그나마 착한 일을 했다 생각한 다음 날엔 웃옷을 벗고 등을 맡겼다 하네 오중이십칠면(五重二十七面)의 얼굴과 천 개의 자안(慈眼)과 천 개의 손을 가진 그림이 완성되는 날이면 일체중생을 구하지는 못해도 마음 너그러운 형님쯤 되지 않을까 했다 하네

하지만 생각은 생각일 뿐, 천 개의 눈은 사방팔방 너

머 백방천방에서 쏟아지는 감시의 눈치였고 천 개의 손
으로는 아주 쉽고 쉬운 일도 더 빠르게 해치워야 했고
천 개의 발이 달린 듯이 바람보다 빠르게 도망쳐야 하는
천수천안천족관음도가 되어야 했다 하네

뒷모습

모락모락 김 피어오르는 함바집 식탁
앞에 앉아 눈물 글썽이는 파키스탄인
그의 짧은 기억 속은 붉은 혼란뿐이다

한 달 전쯤이었지…… 누군가 부르는 듯해
순간 뒤돌아보던 그 창문의 햇빛
순간 두 눈을 가렸고 한 손은 두 눈 위에
다른 손, 순간 멈칫거리다
모터가 돌리는 멈추지 않은 프레스 날에
오른팔목을 물린 후 겨우 아물어 복직했다
식은 밤참 앞에서 소맷자락만 펄럭인다
햇살에 그을리지 않아도 얼굴이 검은
철야노동자였던 그는 그저 뒤만 보일 뿐이다

익숙지 않은 왼손으로 젓가락, 숟가락 번갈아
더듬거리며 놀리고 그마저 안 돼 포크를 놀려도
능히 셀 수 있는 밥알 뚝뚝 흘리고
밋밋한 목구멍에 간신히 간 맞을 국 마시는 듯하고

한두 식탁 건너, 또는 세 식탁 건너
슬로비디오처럼 혹은 정지된 화면처럼
스치듯 얼핏얼핏 각인되듯 끙끙거리는 그를 보면
당신 역시 보일 것이다, 살아서 먹는다는 게
그나마 다행이라 생각할지 모를 거다
그의 그림자 앞에서 보면 그렇게 느껴진다

아침에 일어나 맨 먼저 앉는 변기
통쾌 상쾌, 몰려오기 전에
먼저 달려드는 변비의 불쾌
앞보다 더욱더 쓸쓸하기만 한

그 의자는 죄가 없다

흰 봉투를 받던 그날 의자의 다리 부러뜨린 건 나였다
졸면서 철야근무를 하던 나를 갑자기 의자가 거부했다
책상 위 볼펜과 포스트잇 메모지, 종이컵 속의 커피
비딱하게 꽂힌 책꽂이의 책들마저 외면했으며
불안이 흘린 책상 위 커피 자국이 점점 가슴에 돋았다
정녕, 의자가 나를 혹 떼듯 떨쳐버릴 것이라는
의구심도 들었지만 나는 비난하지 않았다
늘 이른 새벽, 다른 사람보다 먼저 출근해
땀띠 나도록 붙박여 일하던 나를
측은하게 여기던 둥근 시간들, 허벅지는 고인 물처럼 짓물고
나이 들면서 늘어난 신경질과 그 속에 그만큼 숨은 고민들
급격히 불어난 몸무게의 몸을 돌보지 않았다

일요일에도 출근해 머리 박고 일했고
주말에도 퇴근하지 않았던 오피스 코쿤족*인
나에게 이젠 그 어떤 말도 건네지 않는다
그날도 의자에 앉아 한눈조차 팔지 않았던 나,
아닌 나를 두고 의자에 앉아 빙글빙글 돌고 돌다 지쳐서

슬그머니 사무실을 나와버렸다

아무도 없는 집으로 돌아가는 내가 본 내 모습이다
집으로 돌아오는 길고, 먼 길은
숨 가쁘게 굽이굽이 꺾여 있었다

새벽달 지는 지금
형광등 껌벅이는 어둠 속에서
기우뚱, 혼자 남아 일하는 의자는 죄가 없다

* 사무실을 뜻하는 오피스(Office)와 누에고치를 의미하는 코쿤(Cocoon)의 합
  성어. 회사 사무실을 자기 집처럼 여기는 직장인을 뜻한다.

노동절 백반 한 상

한가한 월요일 아침, 아니 아직 오늘 할 일
복잡한 책상 위에 펼쳐놓지 않은
간밤의 꿈 뒤숭숭해 아직 비어지지 않은 머릿속
커피믹스 한 잔과 안부 전화 1통, 책 주문 전화 2통
밤새 전송된 책 주문 팩스 6장
화장실에 들러 상쾌한 오줌 배출
찬 생수 한 잔과 삐콤C 한 알
입 안을 상큼하게 박하향 담배 한 대
출근한 오전이 더디게 가도, 빠르게 다가오는 정오

빈 상점 늘어나고 이제 몇몇 상가만 남은 작은 상가 시장
그 안 호남식당 플라스틱 탁자에 홀로 앉아 먹는 백반
입맛에 맞는 반찬 없고 오늘의 국도 간이 안 맞아
어제 나온 묵은 김치와 짜디짠 고등어구이, 삭은 고추
장아찌
또 나오고, 물 말아 목구멍 메이라고 밥 밀어넣고
어째서 어제에 이어 오늘도 이런 일이
뒤늦은 후회가 들어올리는 숟가락과 젓가락을 더 무

겹게 했다
   이미 받아놓은 상, 몇 수저 뜬 상태라 물리지도 못하고
   문득! 먹고 사는 게 고역이라는 생각
   빈 국사발이 보름달처럼 환하게 떠올랐다

   — 보이지 않는 그대는 식구들 입맛까지 살펴야 하니
힘들지요
   — 나야 찬물에 밥 말아 고추장에 멸치 찍어 먹으면
그만이지만
   일한답시고 컴퓨터에 앉아 왜 이런 넋두리나 쓸까
   아까 먹은 백반에 생긴 불만들은 지워지지 않고
   오후 내내 머릿속을 자꾸 맴도나 보다
   집으로 돌아와 맥주 한 캔 홀짝이다가 겨우 잠드는
   오늘은 누구든 쉴 수 있는, 붉은 메이데이
   예나 지금이나 나는 쉬지 않는 강철노동자
   뼈 빠지게 일해야만 산 입에 거미줄 치지 않는

시리우스를 애도하다
—신현정 시인께

한겨울 휴일 새벽 다섯 시 요란한 휴대폰 벨
간밤 소리 없이 수북하게 근심이 내렸다 그쳤다고,
붉은 바위 모두 사라진 흰 눈이 쌓인 북한산이
거기서도 보이지 않느냐, 가장 먼저 묻는다
올려다본 하늘에 육각형 중 가장 빛나는 별 보인다
시도 때도 없이 짖어댄다고 늙은 사냥개 때려죽인
아랫집 사내 이야기 시로 썼다, 읽어주겠다 한다
통화 중에도 복수 가득한 배에 걸친 바지 흘러내릴까
붉은 노끈 비끄러매며 조금 비틀거리는 소음 들린다
외국 나가 공부하는 자식 등록금에 생활비까지 보내느라
목구멍에 기름칠할 것, 제대로 된 입성 하나
제 것으로 챙기지 않은 사내의 배만 자꾸 부풀어올랐다
밤새 막걸리 반 주전자밖에 안 먹었다 한다
몸에 있는 수분 모두 **빠져나갈** 뜨거운 사막이 그립다 한다
그런 겨울밤이라 더욱더 징그럽고 쓸쓸하다 한다
이젠 이것마저도 사치라고 여겨진다, 나지막하게 말한다
휴대폰 통해 머릿속에 박히는, 나지막하게 떨리는 목소리
귓밥이 부스러지고 다시 뭉쳐 자잘한 모래가 돼버리도록

쏙쏙 박히는 신세 한탄 한참 동안 대꾸하지 않고 들어준다

텅 빈 밥그릇 앞에 놓은 큰개자리에서 빛나던 별 사그라든다

겨울 하늘 한 켠이 어느 사이 환해져 오고 있다

* 겨울 하늘에서 볼 수 있는 큰개자리의 알파(α)별. 다른 별들보다 월등히 밝게 빛난다. 시리우스는 하늘에서 가장 밝은 별로 -1.5등성이어서 일등성보다 약 10배, 태양보다는 20배 더 밝은 별이다.

쉰

1
배낭 꾸렸다 되도록 아주 가볍게
걸을수록 거듭거듭 산비탈만 나타났다
마음이 불편하면 몸이 알아서 미끄러지고
몸이 불편하면 마음이 알아서 미끄러져주고
허구한 날 늘 미끄러졌던 기억들, 이젠 정겹다

2
어스름 속에 산 아래 불빛
어느 것이든 따뜻하지 않을까
핑!
눈물이 돌도록 따뜻하다
순간 속이 쪼그라들어
꼬일 대로 꼬이는 허기

3
마흔 지나 근 십 년 모든 관절에 삐걱거릴 정도로
걸어서 또 걸어서 다가갔다 생각했으나 아직 다 오지

않았다
　이제 쉬고 싶은 마음 굴뚝같지만, 간혹 생각 끊는다

　쉬고 쉬고 또 쉬어서 쇠막대기에 붉은 꽃 피거나 검붉
은 녹 돋아 삭을 대로 삭아 먼지로 흩날릴 때까지

　4
　아이고 직진밖에 모르는 성격이야
　당신은 이번 생이 인간으로서 처음이야
　뒷목 뻣뻣하게 당기게 하는 노점 사주쟁이의 말
　돌아서는데 꽉! 뒤꿈치 깨무는 한 마디
　아직 멀었어 더 열심히 살아

너무 즐거운 불면

밤 12시 비 오기 전
며칠 동안 몹시 후터분한 먹장구름의 두통
하루 종일 오른쪽 눈 위 옆머리 손 닿는 곳마다
바늘 찌르듯 쑤신다 한 줄도 기록되지 않을 오늘
반쯤 남은 캔맥주 속에 소주 따라 마신다
안주 대신 씹어대는 예의 없는 것들에 대한 불만들
투덜대는데, 노란 나비떼 벽에서 수없이 솟아나고

새벽 4시 비 내리고
어두운 창밖 세상에서 문득 아는 척하는 빗방울들
정선 몰운대 높이의 20층 오피스텔 유리창 밖
낯선 빗줄기가 먼지 찍어 오늘을 갈지자로 남긴다
점점 사람들에게 잊히며 몰라보게 수척해가고
이것은 불행인가, 저주인가 늘 감당할 만큼
그 정도만 항상 무리지어 오는, 너무 당당한 것들

아침 8시 축축한 실내
뜬눈이다 충혈됐다, 기쁘거나 슬프거나 혹은

노여워지거나…… 순간순간 반복되는 허탈한 조울증
지나가버리면 곧, 흔적도 없을 그것마저 모두 내 것
빗방울로 얼룩지는 창 안과 밖을 안절부절못하며
서성이던 지난 밤, 흐릿한 그림자 나였거나 혹은 아니거나
보이지 않더라도 이 도시에서 소외되지 않기로
다시 결심한 이후 즐거워지고 마구 웃음이 터져나오고

오후 3시 햇빛은 쨍쨍
길 건너 목련은 짧은 봄볕을 품어 누렇게
바래 떨어지고 속울음은 들리지 않지만
때론 뇌관 터진 폭약처럼 흩어져
짓밟히더라도, 살아가야 하거늘
구석에 박혀 대출되지 않은 시골 도서관의 책처럼
눅눅하고 축축하고 맥없이 좀이 슬어가고

갯벌의 첫 새벽

　바람 한번 쐬자 하더군요 오후 세 시 짜장면으로 늦은
점심 때우다가 명예퇴직 문자 메시지 받은 만년과장과
20년 가까운 결혼 생활 종친 대학강사, 그렇게 셋이 시
큰한 햇살이 장막친 늦가을 강화도로 향했네요

　썰물 끝이더군요 거무튀튀한 갯벌 앞 지천명을 버텨온
이야기 실어갈 바람은 라일락 잎 씹은 듯 쓰디쓰더군요
횟집 야외 식탁에 눌러앉아 생살 저민 회에 검붉은 분노
얹어 술 몇 병 욱여넣고요 지난 시절 타이르듯 조금조금
끓는 매운탕 놓고 또 너댓 병 세상의 모든 걱정은 백 리
밖 도시의 어둠에 두고 왔다 여겼는데 남은 근심 새까맣
게 쫄아드네요

　밀물이네요 철썩거리며 몰려오는 바닷물과 뒤엉키는
바람 아수라장이 따로 없네요 수만 리 너머의 미련과 회
한도 마구잡이로 몰려오고요 사방팔방 어둠뿐인 오늘이
어제와 다르지 않고 밝아올 내일 역시 다르리란 생각 결
코 들지는 않죠 모두들 붉은 눈 더 붉어졌고 소주잔 바

닥에 뒹구는 세상의 모든 침묵 메마른 목으로 꾸역꾸역 넘기네요

취기 더 오르니 그믐달 보이네요 연신 혼잣말 중얼거리던 만년과장이 이 세상에서 사라진다며 바다로 달려나가네요 허리쯤 빠져 더 나아가지도 또 돌아오지도 못하는 혼란이 뒤섞인 중간쯤 딱 멈춰 섰네요 허우적거리며 다가간 대학강사가 손 내밀고 어깨 빌려준 덕에 모래사장까지 빠져나온 갯벌의 첫 새벽 뒤숭숭한 일들 묻어두고 만신창이 나서네요

그림자의 눈

청계천 주변 왕십리 판자촌으로 이사 온 후 어젯밤 작은 쥐와 마주쳤다 아는 누군가의 얼굴인 듯했다 쥐쥐거리는 못으로 유리를 긁는 징그러운 그놈의 소리 방문과 문틀 사이 작은 틈으로 고개를 내밀 때 흠칫거렸다 마주친 눈빛 피하느라 순간 고개 돌렸는데 벽 가득한 내 그림자에도 놀랐다

엄청 놀랐지, 이사 오기 전 수많은 쥐들이 산다는 말은 들었다 잠 못 드는 새벽에 마주치긴 처음이었다 갑작스러웠지만 쥐눈이콩 눈망울 보니 길 잃어 갈 곳 몰라하는 마음 훔쳐본 듯 가슴이 아렸다 정면에서 처음 봤지만 징그럽거나 무섭지 않고 반갑기조차 했다

촛불 흔들리자 베니어판 바람벽 가득한 그림자도 출렁거렸다 그림자 속 숨은 눈이 그놈을 뚫어져라 쳐다보았다 그림자의 눈빛이 번쩍이는 순간 그놈도 놀랐는지 금세 꼬리도 보이지 않고 뒤돌아나갔다 밤잠 못 자고 어두운 곳으로만 설치며 쏘다닐 그놈의 행로가 궁금했다

그런 놈 또 하나 있었지, 머리맡 사발그릇 자리끼에 살얼음까지 어는 냉골방 가슴께 베개 괴고 뒤통수까지 이불 뒤집어쓰고 되지도 않는 글 쓴다며 덕지덕지 손때 묻은 책장 곱은 손끝으로 넘기며 달달 외워질 때까지 글의 미로를 헤매고 또 헤매던 그놈의 선한 눈과 똑 닮았던 그때 눈동자 빛나긴 했었나

보름달은 60촉이다

저녁 굵은 반달이 뜨는 창가
400페이지가 넘는 교정지에 머리 처박고
쉴 새 없이 되새김질한다
호응이 안 되거나 앞뒤가 어긋나는 문장들
앞뒤를 뒤집는다
뻐딱하게 서 있거나 드러눕거나 한 단어들
꼭꼭 집어 제자리에 바로 앉힌다

일은 끝이 보이지 않고
나는 늘 목이 마르다
반달이 진 책상 한 켠에
60촉 백열전구 스위치를 켠다
뜨거워지는 머리끝
한밤중엔 잠을 자야 한다
비 온 뒤 자라는 잡초처럼
무성한 잡생각들
황혼 무렵부터 빨간 볼펜을 놓지 못한다

밤만 되면 선명해지는 머릿속 60촉 보름달
언제 드러누울지 모를 붉은 글자들에 둘러싸여

가끔 내가 먼저 드러눕고 싶지만
눈만 더 붉어진다

우는 팝콘들

노는 토요일 아침 8시 20분의 0회 영화 보러갔지요
1회도 아닌 0회를 보려면 평일보다 부지런해야죠
영화의 기쁨과 슬픔 사이 띄엄띄엄 앉은 사람들
불치병 루게릭에 걸려 깡마른 몸으로 열연 펼치는 주인공
뇌사 환자가 되어 결국 죽음을 맞는 엔딩으로 갈 때까지
극한 감정에 몰입한 관객들의 흐느낌 간혹 들리곤 했죠

바로 그때 옆 좌석의 여자
흰 손수건 꺼내 왼손으로 눈물
또 콧물까지 꾹꾹 찍어내면서
오른손으로는 무릎에 놓인 팝콘상자 속 팝콘
입으로 쏙쏙 가져가 우걱우걱 먹었죠
영화 속 주인공의 애인과 더불어 관객들
가슴 미어지는 클라이맥스
옆의 여자, 정신없이 눈물 훔치면서도
팝콘상자 또 뒤졌지요
한쪽으로 기우뚱 바닥으로 떨어진 상자

쏟아진 팝콘 대부분은 속으로, 속으로
딱딱한 슬픔 가득한 옥수수 알갱이뿐이었죠
영화 전반기 환한 함박웃음의 팝콘들은
그녀의 기쁨 속으로 모두 들어가버리고
맨바닥 뒹굴며 우는 팝콘뿐이었죠

책 읽는 법

1
꾸물꾸물 기는 듯한 활판 인쇄를 보기 위해
기억 저편에 뒹구는 퀴퀴한 책의 냄새를 맡기 위해
그리운 책을 보러 가는 길

보석 상점의 보석들이 제 몸 뽐내듯 보고 싶고 만지고
싶은, 그 너덜너덜한 책도 두꺼운 방탄유리 밑에 놓여 있다

2
검은 곰팡이가 슨
작고 투명한 좀벌레가
설설 기어다니는
책을 들고 읽는 자
엄벌에 처하리라

눈에 핏발서게 하고
짓무르게 하고
곧 멀게 하리라

더 거역한다면
그 두 눈 뽑아버리라

3
　노트북으로 핸드폰으로 가벼운 스침의 화면 터치로도
페이지 잘도 넘어간다 눈은 작게 끊기듯 이어진 글자를
따라가고 입은 중얼거리며 계속 읊조리지만 머릿속엔 텅
빈 광장 같아, 눈으로 보고 또 보며 읽은 내용들
　삭제 버튼 하나로 말끔히 사라져버린다

　이미 눈에서 떠나고 손끝에서 멀어져버린
　마음 한구석에도 남아 있지 않을
　요즘 책은 어떻게 다뤄야 하는가

아침의 독서법

이른 새벽 텅 빈 광장에 책 한 권 덩그러니 놓여 있어요
언제부터인지, 간밤에 누가 잊고 갔는지 그 누구도 모르죠
표지가 없어서 제목을 알 수 없는 손때 덕지덕지하지요
판권과 서문, 차례도 찢겨져 나가 탄생의 흔적은 없지요
부리 없는 새들이 펄럭이는 책장을 무수히 쪼아대네요
가녀린 햇살의 손길 몇 장째 뒤적거리다 마는 듯하고요
인쇄된 활자들 뚜렷하지만 소리 내어 읽을 수 없어 머
뭇거리네요
　그 순간 소설 몇 권으로 남을 우여곡절 많았던 사연
들이 달려들죠
　애끓는 시간 새겨진 페이지에는 이미 검은 곰팡이까지
돋았지요
　그러니 잘 보이는 때에는 아무 곳이든 미련 남기지 않
게 읽어야 해요
　이가 부러지도록 곱씹어도 좋겠지만 가끔 훌쩍 건너뛰
어도 돼요
　눈길 떼는 걸 눈치라도 채게 되면 부작용이 생길지도
모른다네요

발끝을 상처나게 한 돌부리 솟은 곳에 잠시 머물러도 좋아요

　눈먼 사람이라면 손끝으로 띄엄띄엄 읽어나가도 무방해요

　혹여 읽기 싫다고 내팽개치지는 말고 더 꼼꼼히 짚어나 가야 해요

　부록과 참고문헌에 닿을 즈음엔 어찌해야 하는지는 묻지 마세요

　서운해서 괴롭거나 안타깝고 측은하거나 서글플지도 몰라요

　그 수만의 감정들 제대로 추슬러 누구보다 당당해야 하지요

　수천 년 지나도 썩지 않을 종이의 횡포는 무지막지할지 모르니까요

　백 년도 살지 못할 하루살이 인생으로는 결코 감당할 수 없거든요

　날마다 새 아침, 지금이라도 맛나게 되씹고 향기롭게 기억해야지요

라일락에 갇히다

나서기보다 들어오기 위한 것이 문(門)이지
나가지 않고서야 되돌아올 수 없는 법이지
둥근 방 하나쯤 만들겠다고 엄동(嚴冬)에 결심했지
얼음장에서 자라난 향기는 차디찬 슬픔의 늪이지

오월 어느 하루 꽃잎 열자 날아든 벌과 나비들
갇힌 몸이었기에 부러움에 시샘할 수밖에 없었지
살랑거리는 수술 꽃밥과 암술 머리로 끌어올려져
내뿜어지는 향기 천지사방 흩어져 훨훨 날아갔지
지상으로 하늘로 강과 바다로 가없이 퍼져나갔지
새벽 지나 한낮 가고 어스름조차 오는 줄 몰랐지
깜깜한 밤중 되어서야 밑씨는 악몽을 꾸게 되지
무미건조, 무색무취한 겨울밤만 되풀이되는 꿈!

떠돌고 떠돌다 밀폐된 씨방에 꼼짝없이 갇혀버리지
옥죄어오는 공명(孔鳴)의 고독만 갉아대고 갉아댔지
목마른 봄밤 지나 첫닭 울 때 또 자유를 찾아나서지
들어오기보다 나서기 위한 것 또한 문(門)이니까

2부

검은 눈 자작나무

거짓말들의 세계

해질녘에 황혼빛 물든 물음표 구름 하나 떠 있네
목이 꺾인 백일홍 꽃은 더 붉게 물들어가네

순간 가슴을 베면서 스치는 찬바람 한 가닥
입 다문 하늘은 언제나 아무 일 없는 세상

희디흰 침묵이 점점 어둠으로 변해가는 순간,
별 뿌려진 밤하늘은 캄캄한 거짓말들의 세계

도저히 이루어질 수 없었던 수많은 사랑의 시간들
너무 절실하여 지루해지거나 지루하여 절실했던

페이스북에서 놀다

핸드폰을 켜고 페이스북 앱을 연다 대학 동기 하나는 페루 마추픽추 유적과 공중도시 돌담에 기대어 앉은 사진을 여러 장 띄워놓았다 스크롤하여 한참 내려가니 다른 친구는 눈 덮인 모스크바 붉은 광장과 1924년 사망 후 냉동 보관한 레닌 묘소 입구 사진을 올려놓았다

갑자기 전화벨이 울려 강제로 닫혔다가 잠깐의 통화가 끝난 후 페이스북이 다시 열린다 필리핀 해변가에 살고 있는 군대 후임은 커다란 바닷가재를 잡아 삶았으니 맛나게 먹으라는 메시지를 보냈다 한 시인은 갑작스런 아내의 부음 소식과 식음을 전폐하고 싶다는 글을 써놓았다

불현듯 페이스북 화면이 꼼짝하지 않는다 반지하 햇살 드는 창 쪽으로 핸드폰을 뻗어 와이파이 안테나 몇 개가 더 뜨길 기다린다 날마다 올라오는 여러 친구들 소식들 부러워하고 함께 슬퍼한다 대문 밖으로 나가길 잊고 지낸 지 오래다 눈이 붉어졌을 시인에게 가기 전에 실컷 울어야겠다

검은 눈 자작나무

찬 서리가 내린다는 상강(霜降) 아침 서산 끝자락 애쓰게 붙잡고 그믐으로 서서히 가는 눈썹달 밤새 나무껍질을 감싸던 달빛의 밀어(密語) 얇게 벗겨져 밑둥 옆으로 켜켜이 쌓인다 어제보다 더 낮은 곳으로 하얗게 덮인다

달빛 사라지고
소리 없이 바람 지나고
푸른 물빛 더 파래지는 순간
더 희게 겉옷 두르는 자작나무들

떠오르는 햇빛 찬란한데 안개 짙은 호수공원 물결 위로 무엇이 슬픔인지, 무엇이 기쁨인지 모를 허공 맴돌던 사연이 새겨진다 화피(樺皮)* 조각들과 가슴 높이쯤 새겨진 검은 눈들이 떠오른다 두둥실 떠다닌다 밤샘한 고해성사의 검은 눈은 깊고 깊다

* 자작나무의 흰 껍질은 0.1~0.2밀리미터 남짓하고 매끄럽고 잘 벗겨지므로 종이를 대신하여 불경을 새기거나 그림을 그리는 데 쓰였다. 옛사람들은 자작나무를 '화(樺)'라 하고 껍질은 '화피(樺皮)'라 했으며, 영어 이름 '버취(Birch)'의 어원은 '글을 쓰는 나무 껍데기'란 뜻이다.

모나미153 검정 볼펜

검정 볼펜이 거북 등껍질 같은 손등에서 빙글빙글 도는 곳

예전이나 지금도 시끄럽고 번잡스러워 오히려 적막한 곳

하루하루가 서럽고 잔혹해도 악의 따위는 품지 않는 곳

끔찍한 탄생과 흥겨운 죽음을 수십, 수백 번 공유하는 곳

불치병에 걸려도 치료조차 않고 죽기 직전까지 방치하는 곳

숨이 목에 닿아도 단말마 비명의 유서마저 쓴 적이 없는 곳

말할 수 없고 아무도 들어주지 않는 이야기들 난무하는 곳

닳아빠진 사람들은 한 번도 사랑도 죽음도 생각지 않는 곳

끝없을 듯 빙빙 돌던 볼펜이 한순간 멈춰 곧게 일어서는 순간

휘황찬란한 세상의 끝,

빛 아니면 어둠의 기억만으로 남는 곳

오십견

드넓은 바다 한가운데 바위뿐인 섬이었다
검은 새 여러 마리 오른어깨 위로 날아와 앉았다
이른 새벽, 아니 그 이전 한밤중 꿈속부터였다

꺾이고 휘어지더라도 무릎은 꿇지 말자 했다 부러져도
괜찮으니 창피하다 절대 고개는 숙이지 말자 했다 감언
이설로 꼬드겨도 못 봤으면 믿지 않고 분명 들었어도 의
심하자 했다 싸우거나 덤비거나 혼잣말로도 결코 욕하지
않았다 마음이 불편하면 몸이 눈치채서 미끄러지고 몸
이 불편하면 마음이 알아서 먼저 의심해줬다 평생 주저
하고 회피했지만 이것도 용기가 필요했다 오르막 끝나는
비탈 어디쯤일 듯, 늘 미끄러지고 자빠져도 오뚝이처럼
일어섰으니 고통이거나 기억이거나 했을 흔적들이 쥐라
기 퇴적층 마냥 켜켜이 화석이 된 양 어깨

무수히 쪼아댄다 쉬지 않고 계속 쪼아댄다
눈물 대신 흑모래가 머리맡으로 흘러 쌓인다
도저히 일어날 수 없는 석회질의 아침이다

되돌아오는 비

이중 유리창의 진공을 뚫고
빗줄기 터벅터벅
마음 깊이 걸어 들어오고
제 몸 터트려 겨우 내보는 소리
들릴 듯 말 듯한 스르륵스르륵

가로등 불빛 빗방울에 닿아 휘어지고
또 한 번 더 구부러지게 하여
그리운 사람 하나 몇 겹으로 떠오르게 하고
유리창 표면에 맺힌 작은 방울이
튕기는 더 작은 방울들까지 마구 끌어당겨
수두자국처럼 지워지지 않게 새겨지고

앞과 뒤 작은 공간 사이로
서로를 맞비추는 유리창
또각또각 시간의 흐름은 오랜 기억 하나둘씩
도드라지게 하여 성나게만 하고
자웅동체의 고독은 여전히 치유되지 않고

액자 뒤에서

잠바와 양복의 사내 둘, 검은 상복의 사내들 서넛과
맞절을 하지요 액자 속 노인은 무표정이고요 밖은 비가
연신 내리고 메케한 향은 꾸물거리며 천장으로 꼬리 감
추지요 무릎이 닳도록 엎드렸다 일어서며 인사하던 누렇
게 뜬 얼굴의 상주와 함께 투명한 처음처럼 술잔 기울이
는 새벽 4시

늙어 죽으면 호상이라고 누가 그랬는지
접객실 한구석 담요를 두고 둘러앉은 사내들, 화투장
한 장씩 패대기칠 때마다 눈알은 더욱 벌겋게 익어가지
그래도 가슴은 미어진다며 향 하나 사그라질 때마다
삭신이 타들어가는 것 같아 액자 뒤에서 미어진 목구멍
으로 술 한 잔 비웠다던 상주 다가와 앉지
벌써 빈 지갑이 되었는지 슬퍼 보이는 사내 하나가 플
라스틱 사발의 시뻘건 육개장 국물을 상주의 입을 향해
몇 숟갈 억지로 떠먹이지
벽에 기대어 잠깐 졸았던 또 다른 상주는 몽정을 꾼
몸이 징그러워 머리를 흔들지

초침은 담배 연기 사이를 돌고 또 무수히 바쁘게 돌고
있지
　문상객 드나들지 않는 새벽 5시 30분, 초침처럼 고개
주억대는 상주의 등 두드려 깨워 이 사람아 이것도 복이
여 복! 하며 또 한 잔의 술잔 안기는 문상객 가끔 있지

　한 삼 년 병원 드나들던 무릎 오랜만에 펴는 상주의
머리 위로 촘촘한 창살 밖 그믐달은 점점 더 날을 세우
고요 아직도 가느다랗게 곧게 허공으로 오르는 향불, 질
기게 이어온 목숨인 줄 알았네요 평소대로 근엄한 얼굴,
무표정하게 얼굴 박힌 노인의 사각 액자 뒤편 관 위를 지
나는 연기 한 줄기 슬그머니 사그라지는 새벽 6시

고독의 주인

지친다 슬프다 괴롭다 그리고, 외롭다고 모두 드러내지
아프다 마구 떠들어대지 결코 그렇지 않으면서 폭염(暴炎)
때문이라 여기지 연옥(煉獄)의 벽 지고 앉은 고독 한 짐

목포, 여수, 장흥, 벌교, 보성
남도 한 바퀴 미친 듯 휘돌았지
한 번이라도 붉은 가슴 열어
검은 뻘밭처럼 내보여줄 수 있다면
뼈 아픈 후회를 하느니
보고 싶었다, 먼저 말할 것을
촘촘한 체에 걸러지지 않고
흔적조차 없을 바람의 추억으로
하늘 찌르는 갈대밭과
붉디붉은 일몰은 어떤 관계인지

햇살이 강하면 더 짙게, 햇살이 흐리면 흐린 대로 기억
의 주인은 나이기에 다른 기억에 기대지 않아 네가 어디
에 있든 바로 곁이야 어둠 짙은 그 발밑 그림자

산그늘 눈빛

한겨울 서울역 지하도 건널 때 잠깐 흠칫했지
찌든 때 덕지덕지한 노숙자 무리 속에 반짝인 눈빛
순간 웅숭깊은 수정체에 연꽃의 암술이 얼핏 비쳤지
제발 신경쓰지 말고 갈 길 갔으면 하던 진흙 속의 말이었지
사연이야 어떻든 어쩌지 못한 고행이라 말하려 했을지 몰라
다시 마주치자 급히 다른 곳으로 외면하는 것이었지
동굴에서 면벽했던 한 선사의 굽은 등을 보였던 거야
너무 깊이 자기 안으로 침잠해 벽으로 드러나게 했을 거야

싸락눈 흩뿌리는 영하의 거리 걸을 때 떠올랐지
오만 가지 감정 뒤섞였던 그 의뭉스런 눈빛 말이야
하루 종일 눈앞에 아른거리며 떠나지 않았지
몇 해 전 늦가을 낙엽 다 져버린 부석사 들렀을 때였지
무량수전에서 마주친 아미타여래불의 미소였던 거야
어떤 일을 해도 왜 그 미소 계속 떠올랐는지 몰라
그때마다 그 눈빛으로 남은 반평생 보낼까 걱정되었던 거야
노을 지는 하산길에 한없이 깊어졌던 산그늘이었던 거야

꽃무늬 홑이불

어스름 깔리면 가슴이 끓어오르고
뿌리 없는 심장에서 한 줄기 바람 일고
흰 옷 입은 자작나무 머리 위로
실눈썹 노란 초승달 뜨고
밤새 서쪽으로 서쪽으로
굴리고 굴린 어둠 빠져나오지 못해

한 보름 내내 앓다보면 아무 생각 없어
환하게 밝아온 세상 고민이 내 것이리라
옅게 구름 낀 아침놀 붉게 오르는 시간

찬 서리 뒤집어쓴 고단한 몸
어느 곳에 뉘어야 할까
깡소주 마실 선술집 뒷골목
링거 꽂을 수 있는 병원 침대
잠깐 눈 붙일 싸구려 여인숙 꽃무늬 홑이불

침묵의 기억

끔찍한 일이다 바람이 말을 붙여온다 겨드랑이를 간질인다 아는 체하지 않고 살짝 실눈만 뜨고 만다 잠시 잊을 법하면 또 찾아온다 어디를 떠돌다 왔는지 쉬지 않고 떠들어댄다 도망가지 못하고 움직일 수 없으므로 어쩌지 못하고 듣기만 한다 보고 느끼고 들은 것들을 바람은 지치지 않고 들려준다 마구 쏟아붓는다고 해야 맞다 그러나 침묵할 수밖에……

때도 없이 달려들던 생각들 도대체 어디에서 돋아나는 핑계였는지 이른 새벽의 몸과, 자정 무렵 마음과, 아니면 돌발 질문 속 수만 가지 변명들을 몸과 마음에 골고루 나누어준다 대답은 천만 년 결코 변하지 않는 것이다 휘몰아친 바람 지나가도 눈 감거나 뜨거나, 곁에 머물러 재잘거리거나 하며 미지(未知)의 안녕을 걱정해준다 그러니 침묵할 수밖에……

천년만년의 속죄

고백하지 않은 잘못 이제야 안다고
그게 죄였다는 것도 이제야 느낀다고
그렇다고 용서되거나 용서받을 건 아니라고
나도 어쩌지 못하는데 볼썽사나운 용서라니

이미 오래전 죽고 또 죽어서
깊디깊은 지층 속 희디흰 화석이었다면
멈춰버린 심장 가운데 붙박였다 드러나지 않았다면
금간 두개골에 달라붙어 자라다 만
검거나 조금 희거나 한 몇 가닥 머리카락이었다면
희로애락 없이 무덤덤하게 무생물로 지냈다면

검디검은 침묵 위를 떠다니다 사라지고
다시 기억하지 말아야 할 추억들
끝 모를 하늘에 뜬 구름 한 점이었다면
흔적 없이 사라질 차디찬 물방울이었다면
상념 없이 천년만년 그저 지상 떠돌았다면

되돌리지 말아야 했던 꼬깃꼬깃 접힌 시간들
늘 그렇듯 이 시간 역시 내 몫이 아닌 것이지

들숨날숨

산마루에 걸린 흰 구름 한 조각이거나,
한순간 내린 후 바로 증발하는 빗방울이거나,
죽기 전에 단 한 번 들이쉴 숨

이미 내 것이 아닐지 모를 마지막 호흡 내뱉는 순간 떠
오르는 사랑이거나 미움이거나 혹은 뒤섞인 감정에 목이
꽉 멘 그런 것이었죠 쉽게 죽는 것이 아니라 다시 살아날
것이니 잠시 쉬어가라는 한순간의 배려

징벌의 햇빛 아래서 말라가도 뻣뻣했던 꽃잎이거나,
홀씨로 날아 허공에서 다시 활짝 피어날 민들레이거나,
또 죽기 전에 단 한 번 내쉴 숨

흙에 붙들려 한 걸음 떼지 못했어도 지금 알몸으로 풀
풀 날아올라 숨 멈춘 풍장이겠거니 여기시죠 깊든 얕든
어느 땅이든 뿌리 내릴 순간부터 지켜보는 이 없이도 한
모금 바람만 마시고 내뱉어도 언제든 즐거운 윤회(輪廻)

이별의 고고학

되돌아오는 길은 어둠의 어디쯤에서 시작될까 한 방울
침으로 퍼져나간 초라한 풍문들아 몸이 마르고 무릎이
꺾일 즈음 등에 새긴 타투처럼 뚜렷한 이별의 상처들

소나기 퍼부은 후 끈적거리는 습기로 달라붙는 이별,
천천히 번지는 황혼이 몸에 감기는 이별, 하나둘 돋은
별이 갑자기 차갑게 만져지는 이별, 급격하게 어두워진
하늘 위로 눈부시게 선명해진 네온사인의 이별

저 어둠들은 모두 썩어버린 구운 달걀의 맛 이별을 맛
본 사람들은 앵무새처럼 똑같은 말만 되풀이하지 어디
를 가도 어둠의 감옥뿐이라고 늘 어두운 지금이 이별하
기에 적절한 시간이라고

고흐를 위한 변명

　가는귀 먹은 표정이 떠 있는 거울 귀에 감긴 붕대 위로
돋는 붉은 무능(無能), 불투명한 전경(前景)의 카페 앞 간
이의자에 간신히 몸을 기대도 휴식 따위는 바랄 수 없는

　엉겨 붙은 채 함부로 불타오르는 섬으로 보이는
　밀밭 위의 측백나무 숲 위로 끊기듯 토막토막 부는 바람

　외줄기 비명 흩어진 뒤 아무런 일도 일어나지 않고 어떤
변화도 없이 한 백 년쯤 흐른 듯한 시간이 갈기갈기 찢겨
지거나 더러 퇴색한 구름이 뒤덮인,

　새파랗게 어두운 밤 선명한 별빛은 악몽으로 돌아나고
　밤까마귀 날아오르는 머리 위로 수없이 돌고 도는 별들

　무엇인가 말하고 싶고 외치고 싶어도 이미 돌아앉거나
고개 숙인 사람들뿐 끝없는 중얼거림 들어줄 사람은 볼
수 없고 함께 죽을 사람조차도 하나 없는

3부

사막을 읊다

낡은 신발

　낡은 신발은 가볍다 바람에 흔들거리는 코스모스처럼 병든 몸을 춤추게 한다 낡은 신발은 추억을 되새김질한다 닳아버린 뒤꿈치가 박아놓은 이별을 야무진 조약돌로 남긴다 낡은 신발은 간혹 마법을 부린다 반짝이는 햇살의 거짓말은 케케묵은 고약한 땀 냄새도 향기롭게 퍼지게 한다 낡은 신발은 이따금 맛난 독(毒)이 된다 닳고 닳아 비어져나온 엄지발가락이 땅기운 빨아들여 지친 몸을 깨운다 낡은 신발이 자꾸 낡아질수록 생(生)은 유쾌하다

물랭루주 물랭루주

담배 얼룩 눅진한 벽에 걸린 액자 속 춤추는 그녀, 그
아래 테이블에는 술 마시는 여자, 바로 옆자리에는 땅이
꺼져라 한숨 쉬는 여자
　그들 모두 자정에는 혼자라네

　손님의 반은 술 마시며 떠들고 반은 춤을 추거나 무덤
덤하였네
　그 반의 반은 울상지었고 그 반의 반의 반은 목을 꺾
었다네
　악단 뒤에선가 흐느끼는 소리 뒤숭숭한 실내를 떠돌
았다네
　액자 속 퀭한 눈의 그녀 춤사위와 딱 맞아떨어졌다네
　짧은 한쪽 다리 끌고 들어온 그 사내와 또다시 뒤틀어
졌다네
　흐느적거리는 음률의 문장, 유령의 고독을 읽어내지
못했다네

　지금은 천국과 지옥의 음악이 함께 멈추는 시각, 춤을

추었던 그녀와 술을 마시던 여자와 한숨을 쉬던 여자,
순간 정지된 시간과 공간이 뒤엉켜 한 폭의 유화가 되어
버리는,

    그때가 자정, 그 시점에 가깝거나 넘어서거나 했었다네
    음악을 희롱하다 굳어버린 실내는 천만 년 전의 빙하
기였네
    유빙(遊氷)처럼 떠도는 침묵, 깨었든 잠들었든 누구도
상관없다네
    문을 나선 손님들은 불빛 없는 골목으로 휘청거리며
흩어졌네
    얼어붙은 불구의 달빛이 절뚝거리며 뒤를 밟았다네
    그날 자정은 질식의 달빛에 갇혀버린 적막이었다네

    담배 얼룩 눅진한 벽에 걸린 액자 속 주저앉은 그녀,
그 아래 테이블에는 만취한 여자, 바로 옆자리에는 얼굴
전체가 눈물인 여자
    그들 모두 자정이 지나도 혼자라네

액땜

새해 아침, 악몽도 길몽도 아닌 괴상망측한 꿈속을 헤매다 깨어났다 인터넷에서 꿈해몽과 꿈에 대한 단어들을 뒤지고 다니다 '꿈의 부족 세노이"라는 단어가 보였다

그 부족은 매일 아침 모닥불가에 모여 지난 밤에 보았던 꿈 이야기를 했다 남에게 해를 끼치거나 싸움을 했던 이에게 용서를 빌고 호랑이에게 쫓긴 아이에게는 끝까지 싸우라고 타일렀다 또한 꿈속에서 관심 있던 사람과 마주쳐 사랑을 나누었다면 동의를 구하고 선물을 건넸다 처음으로 하늘을 날아가는 꿈을 꾼 아이에게는 부족 모두 최고의 축하를 건넸다

오른어깨와 무릎이 몹시 쑤셨다 따끔한 이마를 매만지고 인중 부근으로 내려오다 코피가 만져졌다 정글처럼 깊은 침대에서 허둥거리다 바닥으로 굴러떨어졌다 정신이 번쩍 드는 아침이었다

• 말레이시아의 밀림에 살았던 원시부족으로 지금은 존재하지 않는다.

일침(一鍼)

토지문학제 참가하러 하동 가는 길
구례아이씨 빠져나와 달리는 카니발
평사리까지 국도는 구절양장(九折羊腸)
곁으로 섬진강도 구불구불 흐른다
눈에 띄는 입간판 하나
'섬진강 전망 좋은 곳'
차를 세우고 올라간 전망대
새파란 하늘, 울긋불긋 단풍 든 지리산
그 둘을 품은 섬진강은 더 깊어져 흐르는데
사무실에 박혀 계절 변하는 줄 몰랐다
해마다 인터넷에 단풍 든 사진 바라보며 다진 마음
올해는 산이나 강보다 먼저 내가 물들어야지
다시 출발하기 위해 시동 거는데
왼허벅지에 느껴지는 따끔한 통증
열어놓은 차창으로 벌 한 마리 들어와
봉침(蜂針) 한 방 놓는다
온몸으로 뜨겁게 달아오르는 외마디 가을

빙장(氷葬)

그 짐승은 돌아봐주지 않으면 밤마다 제멋대로 울부
짖어요

아우성의 밤 지나도 나무들은 팔 하나 꺾이지 않고 꼿
꼿하지요

턱밑까지 뒤덮은 숨 막힐 폭설 쏟아진 다음 날

더 오르지 못할 산꼭대기서 맞는 상고대의 눈부신 새벽

벌써 온 세상은 내장마저 훤히 드러나게 할 얼음 세상
인 걸요

살갗 찢는 듯한 바람에 몹시 매 맞을 수밖에 없는 처
지인 거죠

형체도 없는 짐승의 구속에서 빨리 달아나야 해요

피마저 투명해질 수밖에 없는 침묵에 영영 갇혀 있을
거예요

수천, 수만 년 동안 꼼짝없이 갇힐 빙장 당할지 모를 테니

혹한과 혹한 사이 아주 잠깐 포근한 겨울산

영하의 하루 벌서듯 꼿꼿해야 죽음 없이 영원하지요

정사품

  십여 년 전 하루 버스가 겨우 두 번 다닌다는 경북 영양의 오지로 취재 갔다가 산길에서 만난 개 한 마리 어디부터 훑을까 머뭇거리고 섰는데 저만치 먼저 길을 나서네 기막힌 절경 앞에서는 사진 찍으라고, 볼펜 꺼내들고 수첩 펼치면 메모할 시간 배려하느라 풀잎에 앉은 메뚜기 잡으려는 듯 낮게 기어가 폴짝 뛰어오르고 숲으로 쫓아가기도 하며 그렇게 십 리, 이십 리, 그보다 긴 삼사십 리 길 동행했다네

  옛날 옛적 눈 먼 아이에 꼬리 내주어 이 집, 저 집 대문 앞에서 눈치 살피며 빌어먹게 해준 작은 개 한 마리 있었다지 허겁지겁 주린 배 다 채운 장님아이를 마을 한가운데 우물가로 데리고 가서 목을 축이게 하여 하루도 굶지 않게 했다지 그 정성이 갸륵해서 나라님이 벼슬까지 내주었다지 속리산의 정이품 소나무보다 낮은 정삼품 조금 초라했을 나뭇조각 품패까지 목에 걸고 다녔다지

  해마저 기울어 별이 하나둘 떠오르는데 덜덜거리며 저

만치 마지막 버스 들어오는데 그놈은 어디로 사라졌는지 쾌나 잘 흔들어대던 꼬리는 물론 그림자조차 보이지 않네 긴 시간 동안 과자 부스러기 하나, 물 한 모금 건네지 않아서 무척 미안했는데 외롭지 않게 길벗이 되어주었던 그 개 사라진 좁은 오솔길 사이로 불어오는 꽁무니바람, 나뭇가지보다 더 휘어지듯 마음 수그려 빈손이라도 흔들 어주었다네

합창

　장독대 위에 또 눈사람 하나 늘었네요 누가 눈 올 때
마다 만들어 올려놓았는지 물음표 없이 행복한 느낌표
뿐인 세상의 산물이지요 식구 수보다 많아진 지 꽤 오래
되었지요 소한, 대한보다 더 추웠던 동지의 밤에는 잡은
손 더 꽁꽁 얼어붙일 바람의 레퀴엠 끊이지 않고 들리죠

　서설(瑞雪)이 풍성한 아침이에요 빈 틈 보인 바람 지나
니 햇살 조금 넉넉해지네요 그림자들 사이 분주하게 왔
다갔다 하는 오후에는 양각이 깎이고 닳아 음각의 세상
으로 끌려가겠죠 나이를 거꾸로 먹는 것이지요 조금씩
키도 작아지고요 우울의 무게도 반감되어 몸은 더 투명
해지기도 하지요 얼핏 비친 무표정은 천진난만한 웃음이
기도 해요

　삼한사온이 사라진 너무 이른 봄날 얼어붙었던 생각도
사르르 녹아내리겠죠 혹한의 시간 거쳐 늘 봄날인 듯한
교향곡 흐르는 지하로 스며들겠죠 뿔뿔이 헤어지더라도
손끝에 남은 미미한 온기는 영원히 품고 흐르자고요 진

짜 봄날이 오겠지요 눈으로, 사람으로 다시 설 그날까지
침울하지 않는 고요함으로 룰루랄라
  조금 더 빠르게, 조금 더 빠르게

한겨울밤의 꿈

그래, 오래 웅크린 만큼 길게 숨 쉬는 걸 허락할게
간밤에 땅인지 하늘인지 모르게 휘몰아쳤던 눈보라
나뭇가지마다 촘촘하게 스스로 반짝이는 수정으로 달
라붙어 있지 정오 오기 전 잠시 햇살 들고 망치 든 바람
지나니
후두두둑, 그때가 빛나는 청춘이었지

밤이 오고 또 흩날리는 눈발과 바람 휘돌아간 뒤
문득 잠에서 깬 봄날의 나비처럼 멀리멀리 날려가 얼
어붙는 세상, 모든 나뭇가지마다 다닥다닥 들러붙어 속
까지 투명한 눈꽃이 되지

내가 꾸는 꿈은 겨울에도 얼음꽃 피어 가슴 깊숙이 향
기도 들이지
청춘이 길수록 꿈은 짧지, 암 짧지…… 산상(山上)에
곧추선 악몽인 듯, 길몽인 듯 잠시 빠져들지, 꿈이 무서
울수록 청춘도 길지, 그래 길어지지……
찬 별 돋은 밤하늘 거침없이 나는 나비인 듯, 눈발인 듯

다시 혹한의 꿈속으로

이거 알아!
별은 눈으로 담고 마음에 새길 때만 별인 걸

사막을 읊다

다시 돌아가도 될까, 그래도 되나
갈증 심한 먼지의 시간을 걷고 또 걷는다

핏줄 세우고 목청 찢어져 피 쏟으며
울부짖던 청춘의 반인반수 시절 이미 지났다

맨주먹이라도 움켜쥐지 마라

모래 속으로 스르르 다 묻혀버리니

딛는 발걸음마다 발목 빠지고, 무릎 꺾이는
언덕에는 애초 희망의 그림자는 없었다

햇살 뜨거울수록 천지 가득 퍼지는 맹독
멀리 달아나려 몸부림칠수록 더 휘감기는 모래의 늪

절대 맨손 움켜쥐지 마라

살고픈 마음마저 산산이 날아갈 것이니

속도의 재발견

이른 아침 무념무상으로 나섭니다
인도와 차도가 별달리 구분 없는 곳입니다

누런 하품 내뱉는 소는 덤벼드는 파리들을 꼬리 흔들어 쫓거나 머리 주억거리다가 지치니 제 똥 깔고 앉아버리네요
탁발 오는 스님에게 공양 건넨 아이들 갈지자로 모락모락 김 피어오르는 소똥 피하느라 그림자가 들러붙을까 걱정하면서 달아나네요
직장 가는지 허겁지겁 릭샤에 올라탄 뒤꿈치, 발바닥 안 보이는 사람들과 거칠 것 없는 오토바이들 마른 소똥 비켜 달음박질치네요
방금 세차한 듯한 외제차 안의 몇몇 무엇이 있든 없든 시간이 언제든 모두 무시하고 경고음조차 울리지 않고 거칠 것 없는 과속이네요
터번 대신 닳아빠진 망토 머리까지 쓴 주름골 깊은 이들은 그 무엇이 스쳐도 멍하니 앉은 벽이거나 드러누운 그림자로 보이네요

여긴 인도라서 뒤엉킨 속도를 제대로 맛보게 되는 겁니다
어떤 삶일지라도 느리고 혹은 빠르고, 좀 더 재빠르거나
아예 미동도 않는 찰나이며 영원할 시간의 기억입니다

여름과 헤어지는 방법

가시처럼 털이 돋은 억센 호박잎, 꼭지 딴 청양고추, 홍고추, 깐 마늘 등을 씻는다 양동이에 수십 마리 미꾸라지를 넣는다 굵은 소금 한 줌 뿌린다 밑바닥으로 파고 들어가려 머리 부딪히며 서로 엉키는 미꾸라지들 잠시 후 잠잠해지면 호박잎 뒷면으로 마구 문지른다 체에 담아 찐득찐득한 진흙탕의 여름을 모두 씻어낸다 무쇠 가마솥에 푹 끓인 미꾸라지를 다시 체에 올린 후 국자로 으깨고 굵은 뼈와 잔가시마저 걸러낸다 된장과 약간의 고추장으로 조물조물 버무린 시래기와 토란대를 넣고 끓인다 대파와 양파 등을 넣고 한 번 더 부르르 끓어오르면 뚝배기에 담아 식탁에 올린다

길고 긴 여름 끝자락, 시원한 탕 요리로 시작한다
태양초를 잘게 다져 넣고 덥석 베어물기도 한다
따가웠던 햇살보다 독한 산초와 방앗잎을 첨가한다
번쩍 든 정신으로 올려다보는 하늘
깊이 모를 창공으로 잠자리 솟아오른다

눈치
—에곤 실레의 〈추기경과 수녀〉

신(神)도 질투하기 싫어 질끈 눈감아주는 순간

직각으로 꺾인 채 돌이 된 두 사람의 무릎

붉고 검은 옷자락이 뒤섞여 정신 잃게 만드는 열정

바람소리도 숨소리도 아랑곳하지 않는다

불안한 스침 사이로 화인(火印)은 깊고도 깊다

이름을 지운 두 영혼이 뜨겁게 빛나는 시간이다

그 입맞춤은 딱 한 번 그 순간만 허락되었다

미리내

그날 천 갈래 만 갈래 열렸던 하늘길도 닫혔지 아무것
도 보이지 않는 컴컴한 밤이었지 마음에 품었던 사람 하
나 바람 속으로 떠나보낸 날이었지 언덕에 주저앉아 끝
내 삼키지 못한 사랑 게워냈지 첩첩산중 골짜기보다 더
깊이 숨겨두었던 슬픔들 두터운 지층 뚫고 솟아올랐지
천 년이나 만 년쯤 묵힌 그리움 낮은 곳으로 흘러갔지

어쩌다 각기 다른 길로 흐르기도 하고
회돌이에 갇혀 썩으며 역한 냄새나기도 하고
싯누렇게 혹은 검푸르게 멍들기도 하고
시끄럽고 복잡한 소문에 갈등 생기기도 하고
간혹 땅 깊이 숨어들어 화석이 되기도 하고
홍수로 너도 나도 아닌 다른 몸으로 바뀌기도 하고
지상 지하 흐르는 것 모두 절대 멈추면 안 되는,

마음만 바꾸면 지옥도 천국이라며 무조건 흘러갔지
흐르고 흘러 굳어버린 애증 따위 씻어버리자고 달렸지
신발 벗겨지고 발바닥마저 너덜거리고 피멍 들어 터져도

뒤돌아보지 않고 달리기만 했지 먼저 떠나간 너에게 다시
몸을 담으려 흐르고 또 흘렀지 잠깐 한숨 돌리며 몸을 던
진 그 언덕 하늘에서 스스로 빛나는 미리내였으면 했지

마그리트, 당신 말이야

그림 밖의 당신, 구름을 저주한다 군홧발로 짓밟고 깔
아뭉개며 다닌다 구부러지거나 휘어진 시간 밖으로 튀어
나온 구름의 불만을 길게 늘어뜨린다 절망 외에 드러나
지 않는 피곤한 얼굴 검게 변한 몸만 점점 더 비대해진
다 상아파이프로 피워야 제맛인 담배 살짝 금이 간 파이
프 사이로 금세 사라질 여러 갈래로 흩어지는 영혼의 구
름 끊임없이 모락모락

구름 위를 걸을 땐 절대 시간에 속지 마라
멈춘 적 없이 흐르기만 할 뿐이지
가벼운 인생을 꿈꾸다니 제발 그러지 마라
헛발 내딛을 순간에는 정말 정신없지
때마침 부러지거나 삐어버리는
발목 없는 다리로 혹은 다리 없는 발목으로
걸어가 다시 성질부리며 그놈의 구름만 짓이길 테니
그런데 그건, 그림 밖의 당신이 만들어낸 담배연기
혹은 축축한 한숨 위였다는 건 알아챘을까

그림 밖의 당신, 그림 안의 구름 가득한 하늘에 갇힌다 그 안에서 훨훨 날아다니지만 결코 자유롭지 않다 무거운 새벽의 고독에서 벗어나 정녕 가볍게 살고 싶다고 자주 되뇌며 그렇게 살고 싶지만 무거운 바윗덩어리로 변한 구름만 계속 가슴에 얹힐 뿐이다 뿌연 페퍼포그에 눈물콧물 쏟아내며 자유! 자유! 자유! 외치지만 전혀 도움이 되지 않는 그림을 그리는 그는 여전히 불멸로

샤갈의 닭

날갯짓 한 번에 바람 타고 머문 곳

늘 밝은 하루가 펼쳐지는 하이티

무지개 구름이 피어나는 아침

알록달록 말로 변신한 닭의 울음소리

처음 듣는 하늘을 찢을 듯한 소리

상서로운 소리여야 더욱더 좋지

황홀한 천국의 불안은 늘 곁에 있어

4부

치유의 펑계

불편한 밥상

멀쩡하다가도 한순간 폭삭 주저앉게 하는 침묵의 살인
자 고혈압에 좋다는 맛깔나는 음식은 당뇨에 좋지 않고
합병증 방치하면 눈멀고 수족까지 잘라내야 한다는 당
뇨를 다스릴 음식은 통풍이 걱정되고
손과 발가락 뼈마디 실바람만 스쳐도 바늘 찌르는 통
증으로 밤을 꼬박 지새우게 하는 통풍에 좋은 것은 간
에 부담되고
99프로가 썩어 문드러져도 낌새조차 드러내지 않는다
는 간에 맞춤이라는 약은 혈압에 좋지 않다고 하니
뫼비우스의 띠 같은 악순환의 연속이다

흰 쌀밥과 고깃국, 수많은 김치와 찌개들, 작은 종지에
담긴 간장과 초장 등 기본 반찬 말고도 무수히 깔린 생
채, 숙채, 구이, 조림, 전, 젓갈, 육회, 편육 등 40여 가
지 반찬
상다리 부러져라 올려진 한정식 위에서 자꾸 맴도는
젓가락이여
지금은 냉수 한 사발에 한 주먹 가득 약을 먹을 시간

일용할 양식

배부른 눈을 감자마자 아침이 벌써 온다
지그시 눈뜬 시간은 늘 거북하다
머리맡 생수 한 잔으로 메마른 목구멍을 달랜다
덜 깬 잠 쫓으려 간밤에 조금 남긴 블랙커피 마신다
부랴부랴 화장실로 달려가 들끓는 어제를 쏟아내린다

멀티 블렌더의 전기 코드를 꽂고 냉장고 문을 연다
단백질 함량 높고 칼슘도 많은 그리스식 요거트 한 컵
치매와 알츠하이머, 시력 저하를 예방한다는 블루베리
인디언들이 생명의 나무 열매라 부르는 아사이베리
뇌와 심장에 좋다는 호두와 아몬드까지 조금씩 넣고
황산화물질 많고 혈압도 낮춰주는 토마토 반 알
섬유질 풍부하여 노폐물 배출에 효과 있는 사과 반쪽
포만감 높은 바나나와 비타민 풍부한 당근도 조금
마지막으로 위 점막을 든든하게 하는 감자 반 개
멀티 블렌더 유리병에 가득 채워 갈아 마신다

필수 아미노산과 무기질이 넉넉한 삶은 계란 하나

원두 갈아 집중력 높여주는 바로 내린 블랙커피 또 한 잔
또 다른 비만의 하루가 변함없이 시작된다

울컥

　해거름 지나 폐허처럼 적막해진 마을회관 건너편 세탁
소 간판의 검붉은 녹껍데기 우툴두툴 일어난 고뇌들 군
데군데 실핏줄 툭툭 끊긴 빨랫줄 묵은 시간에 짓눌린 주
인 없는 외투 한 벌 덩그러니

　갈라지고 바스러진 솔기 끝으로
　수없이 뜨고 진 차가운 별, 달빛
　바람 없이도 마구 뒤틀린 한 생의 순간
　몸 사라진 이후 남은 고독은 독약보다 더 독해
　쓰디쓴 독함 삭이느라 한 계절이 다 가고
　또 다른 계절도 지나고
　기억 희미할 시간마저 더 지나고
　떨어져 뒹구는 여러 개의 금빛 단추
　부서지거나 전혀 삭지 않는 사리들
　허참, 아직은 푸르고 싱싱해

　거침없던 바람 흔들거리던 고요마저 무시한 허공의 몸
따스했던 시절 옷섶의 추억도 닳고 닳아 맨들맨들 세상

의 기억 모두 감추어버린 처마 밑 침묵의 풍경(風磬) 흔
들흔들 오래 멈췄다가 다시 흔들

치유의 핑계

분주했던 오후와 헤어진 후 발걸음은 천근만근 무겁다

어두워지는 서쪽으로 점점이 날아간 새 떼 수만큼 돋아
난 별들

검은 구름 뒤편 묵언 속으로 꼬리 감추며 사라지는 별똥
별 하나

아무리 빠르게 눈길 뒤따르려 해도 그 흔적 찾을 수 없다

자정 무렵 들른 장례식장에서 누군가 탄생을 떠올리는
무모함이라니

수백, 수천 번의 이별 후 겨우 한 번 더 더해진 가슴 속
절벽으로 추락

이별을 습관처럼 견디고 견뎠으니 헛웃음 한 번으로 담담
할 때 되지 않았나

가로등 스러져 그림자마저 지워져 돌아오는 도시의 뒤안길

만남과 이별은 자웅동체라 외롭지 않아 치유의 핑계가 좋다

내일의 운세

지금까지 잘해왔던 일들이 보잘것없거나 잘못 되어가는 느낌이 들게 될 것입니다 그렇다고 지금 그만두기보다는 여태껏 해왔던 과정을 다시 한 번 훑어보는 것이 좋습니다

향긋하게 흐드러진 밤꽃 태풍 지난 뒤 모두 떨어지면
뾰족한 가시 돋은 그리움 그 자리에 돋을 것이니라
어두운 겨울에는 따뜻한 외투 입지 말고
축축한 여름에는 제발 홀딱 벗지 말라
믿었던 자의 말은 감언이설이라도 한 번은 넘어가라
그러나 보지 않았거나 듣지 않았으면 살짝 의심하라
꺾이고 휘어지더라도 무릎은 꿇지 말라
부러져도 아파하지 말고 창피하다 고개 숙이지 말라
시끄럽지 않게 사는 게 좋은 것이려니
그렇고 그런 것이니, 사는 것 모두 그러하려니……

마음의 동요에 충실해서 즉흥적인 결단을 내렸다가는 홀가분할지 몰라도 후회하게 될 것입니다 그 무엇을 시

작하는 것만큼 그만두는 것 역시 어려운 것이라 여기는
것이 좋습니다

둘코락스

한 달 넘게 묵은 체증과 고뇌를
비워내야 할 불면의 시간이다
어둠이 물러가고 여명이 터올 때까지
시시각각 저려오는 오금께부터
점점 굳어져 설사 석상(石像)이 된다 해도
무작정 견디고 견뎌야 한다

'밤 사이 부드럽게 작용하는 변비약'
— 효능
변비에 따른 식욕부진, 복부팽만, 치질, 장내 이상발
효 완화

묵직한 아픔이 참으로 길다
읽다 만 책 다시 펼치고
읽었던 자리 또다시 읽어 본다
기다리는 새벽은 너무 길고 멀다
문틈으로 새어 들어오는
밝은 창밖은 반갑기 그지없는데

단전(丹田)에 멈춘 숨
젖 먹던 힘까지 끌어올려 힘껏 내쉰다

'밤 사이 요동치며 괴롭히는 독특한 소화제'
— **부작용**
심한 복통, 설사, 구토 등이 일어날 때 투여 중지

별스런 다이어트

조금만 줄이면 당신도 행복해질 수 있지요
밤새우며 빈속에 술 마시고 침묵에 빠지기
생각 문득 끊기면 메케한 줄담배 피우기
힘들겠지만 조금씩 줄이며 견뎌야 해요
당신이 또 줄여야 할 것은 하루가 멀다 하고
한 근 혹은 반 근씩 늘어나는 근심의 몸무게
안 먹는다고 거듭 맹세해도 그게 안 되니
그 빈번한 맹세 역시 줄여야 해요

또 하나, 들뜬 마음도 반 이상 줄여야 해요
세상을 다 산 듯이 다 겪었다는 듯하는
모르면서도 이미 알고 있다는 듯하는
남들이 한 것 따라하면서 아닌 척하는 당신
줄여야 하는 것은 더 은밀하게 숨어 있다는 것
도려낼 칼 따위는 필요 없다는 것 알지요

더 이상 없애지 못하는 무소유를 지니는 것
그리하여 남은 것으로 먼지처럼 부유하면 어떨까요

어떤 망년회

잊을 망(忘), 해 년(年), 모을 회(會) 때를 만났죠 지난 일 년 동안 얼굴 마주치기는커녕 안부 전화나 문자 메시지조차 교환하지 않았지요 최루탄 터진 듯한 뿌연 삼겹살집 소주와 맥주 섞은 폭탄주가 여러 차례 터지고 알맹이 없는 이야기 가라앉을 때까지 서로 잊자고, 무조건 잊어버리자고 무릎걸음 걸으며 통음(痛飮)했지요

크리스마스 캐롤 울리는 거리 갈지자 걸음으로 걷는 거죠 걸을수록 종소리에 머릿속은 잔금 가는 듯하지요 잘 가란 인사도 못했네요 올해도 빠지지 않고 모인 것에 고맙다고 내년엔 송년회로 바꾸자고요 오래 살았던 시간만큼 더 오래 볼 수 있는 새해가 되는 시간에 바꿔보는 거지요 제발 내 허언(虛言)은 잊고 좋은 것만 잊지 않고 기억해줘요

울게 하소서

1
고백하건대…… 보았다, 저물녘 슬그머니 다가오던 불안을
　가늘게 뜰 수밖에 없는 눈으로 먼저, 향기로운 것은 멀리
하게 되고 메케한 것만 맡아지는 코로, 그 후는 큰소리조
차 제대로 듣지 못하는 귀로
　슬그머니 스며들어 번져오는 독기, 온몸 바르르 떨게 했다
　구겨진 습자지 위에 펼쳐지는, 얇디얇은 한 장의 황혼

2
지금은 봄밤, 좋다 잠들지 못할 불편한 밤
꼬박 새우느라, 잘못 들어선 꿈의 벽에 머리 받혔다
늦게 든 잠에서 깨어난 너무 이른 아침
전혀 잠을 자지 않은 것처럼, 또는
잠시 눈을 붙였다가 다시 잠 이루려 애썼는데
늦게 기어들어온 악몽에 배반당한 것뿐
부스스 깨어서 멍하니 다시 잠을 잔다고
시시콜콜한 꿈을 꾸며 깨어나려는 잠과 싸우겠다 말했다
오늘 목에 걸린, 혼미한 봄밤을 노래해야지

나오지 않을 목소리로 맨 처음 꿀 꿈을 읊조려야지
기진맥진이다, 얕은 잠을 건너면서 진을 빼놓는

3
다시 고백하건대…… 저물녘엔 건강하지도 않으면서
건강한 것처럼
흠칫 깨어나자마자 꿈을 생각지 않으려 한다 왜냐하면
꿈은 결국 꿈이었고, 꿈에서 벗어난 나와 몸 부대끼며
살아가는 동안 절망은 점점 자라기에
희망의 설렘을 결코 탐하지 않았기에 오래 깊은 잠들
지 못하고
구겨진 습자지 위에 펼쳐지는, 얇디얇은 한 장의 미명

밥 한 공기의 희망

늦은 겨울 아침과 점심 사이
백반집 한 켠에 앉아
조금 식은 밥을
더 식은 국에 말아 먹을 때
한 방울 두 방울 떨어진다
비, 비, 비, …… 빗방울
늙고 성질 급한 나무들은
벌써 알몸 되어 모조리 맞는다

메인 목으로 미끄럼 태우듯 밥알 넘기고
반찬 몇 점 욱여넣은 뒤
젓가락 숟가락 밥상 위에 가지런히 놓고
신발 뒤꿈치 구겨 신고 담배 한 대 물고
백반집 문 밀고 어슬렁거리며 나서는데
이런 벌써 허기가, 또 배가 고파온다
만만하지 않은 세상살이
만만하게 살아가야 하는 법을 배워도
정말 모른다, 기억하려 해도 자꾸 잊는다

지하 사글세방으로 돌아가는 길
든든해지지 않는 그 밥 한 공기의 우울이
순식간에 내린 빗물에 흠뻑 젖어버리고
조금씩 보기 좋은 솜틸 같은 눈송이로 변해
얼어붙은 세상을 포근하게 뒤덮어
가끔은 희망이 될 때까지……

붉은 달

초저녁부터 시시각각 다른 얼굴
지루하지 않은 보름달

저건 거짓말하려는
무엇을 더 속여 먹을까 궁리하는
여드름 잔뜩 돋은 개구쟁이야
앗, 저건 쭈뼛거리는
들쑤셔놓은 지나간 일들
어떻게, 수습해야 할 말 꺼내야 할지
고민하는 난봉꾼 얼굴이야

수없는 시절 켜켜이 쌓인 퇴적층 속
이루지 못한 소원 때문일까
속속들이 제 표정 모두 드러내지 못하지,
전전긍긍하는 자신을 바라보며 빌었던
숱한 얼굴들 곤혹스러움 되비치고는
어둠 속으로도 숨지 못하게 하지

천천히, 아주 천천히
조금은 미안한 붉은 얼굴 아래 감춘
마음, 의뭉스럽게 중천을 걸어가는

내일의 뿌리

지나온 시간의 구덩이는
눅눅하고 검고 깊다
화창한 창밖 세상을 거침없이
지나가거나 달리는 젊은이들
나 역시 찬란하던 그곳을
지나쳐 왔다 말할 수 있을까
주마간산(走馬看山)
눈 껌뻑거릴 반도 안 되는 순간들
허리 굽어지기도 전에
숨 가쁘게 오십고개를 올라선다

무릎 아래가 밝거나 검다고
짧거나 길다고 어찌 단정하겠는가
스쳐 지나가는 그들에 편승하여
검은 구덩이 벗어나도록 내뻗어야 할 손끝
따라나서지 못할 정도는 아니니
아주 가늘고 길게 끊어지지 않게 이어가리라
다가오는 은밀한 시간 역시

의논도 않고 혼자 급히 달아날 것이다
늘 그랬듯이 마주할 뿌리 친친 감으려면
열 손가락 힘껏 쫙 뻗어야만 한다

더스트 인 더 윈드

불쑥 일어서는 모래폭풍
속으로 힘차게 달려갈 거야
Dust in the wind*
바람보다 먼지보다
가볍게 가볍게 더 가볍게
Dust in the wind

바람 멈추는 허공에서 사라질 거야
모래에 갇힌 달처럼 혹은
햇빛을 뚫고 선 신기루처럼
Dust in the wind
오아시스 마르고 닳을수록
더욱더 선명해지는 그리움
바람이 갑자기 멈춘 그 자리
Dust in the wind

텅 빈 깊은 고요가 다시 시작되는
당신 머리께부터 파묻히는 발톱까지

드러난다, Dust in the wind

죽음과 삶이 서서히 꿈틀대는 곳에서

* 미국의 대표적 프로그레시브 록밴드 '캔사스'의 노래 제목.

불타는 책

검은 글만 가득한 세상이다 하루 종일 표지부터 더듬 더듬 점자책 읽듯 끝장까지 훑은 뒤 뒤표지를 보면 어느새 검붉은 노을이다 순간 발화점에 다다른 세상을 한 곳에 가두는 자물쇠이다

사막의 노란 불안, 남극의 희디흰 고독, 아마존의 푸른 휴식까지 몸을 거쳐갔지만 기억나지 않는다 오욕칠정(五慾七情)의 무지개 떴다 뿔뿔이 흩어진 자리에 고통 한데 뒤섞인다 검은 기름 부은 듯 짧은 순간 타고 남는 것은 잿빛 침묵의 밤이다

언제부터인지 대화는 없다 소통하지 않고 지시만 있을 뿐이고 복종은 선택이다 활자로 박힌 희로애락이 꿈틀거린다 마구 끓어대는 용암이었고 끓는 속을 소화할 길 없어 다시 종이 위에 뱉어내고 만다

오물 가득한 세상, 아직 평온하게 보여지고 책은 덮인 그대로이다

세도나에 서다

붉은 벨락이 우뚝 솟은 땅에 도착했다

24시간 넘게 비행기로 밤낮을 거슬러 하루 전 시각에
섰다

어제 노을보다 더 붉은 일몰 앞이다

십수 년 만에 꽃피웠다는 참새 혀끝 같은 가시 돋은
선인장들

서울을 떠나기 전 가슴 깊이 새겼던 상처들이다

붉은 암석 병풍처럼 늘어선 사막 한가운데서 문득 길
을 잃는다

일 년에 한 번쯤 온다는 눈보라의 미로 속에 놓여진다

바람 멈추는 순간 입안 가득 모래 서걱인다

흰 눈을 뒤집어쓴 작아진 그림자 땅속으로 스며든다

흘러간 시간을 되돌려 산다는 것은 피 말리는 일이다

벨락 위로 어제의 붉은 고민이 다시 솟구쳤다

발끝을 찌르는 영하 기온이 울음을 얼게 한다

붉은 땅속에 묻은 것은 터지지 않는 울분이었다

* 벨락은 세도나에 있는 종 모양의 붉은 바위. 세도나는 2억7천만 년 전에 형성
된 붉은 사암에 둘러싸인 도시다.

115

모든 것의 가장자리

고봉준(문학평론가)

바이올렛 아워(The Violet Hour)는 삶과 죽음의 경계의 시간, 생(生)이 마지막 순간에 가까워졌음을 가리키는 말이다. 인간은 유한한 존재이고, 그것은 이 땅에 태어난 모든 인간의 생이 종착지인 죽음을 향해 쉼 없이 달려간다는 것을 의미한다. 하지만 유년기나 청년기에 '죽음'을 의식하고 사는 사람은 드물다. 심각한 질병을 앓거나 죽음의 위기를 경험하지 않는 한 우리의 머릿속에서 '젊음'과 '죽음'은 쉽사리 연결되지 않는다. 하지만 생의 일정한 순간에 도달하면 그 감각에도 변화가 생기게 마련이다. 질풍노도와 청춘의 색깔이 지배하는 시간이 지나가면 불현듯 보라색(Violet)의 시간이 도래한다. 삶과 죽음의 경계, 아직 죽음에 이르지는 않았으나 '죽음'을 염려하며 살아가는 불안의 시간이 그것이다. 죽음이 삶의 가장 위대한 스승이라고 애써 '죽음'에 가치를 부여할 수도 있지만, '죽음'에 대한 염려가 삶의 시간을 온통 '불안'으로 물들이는 것은 부정하기 어려운 사실이다. 철학자들에 따르면 '죽음'에 대한 염려는 인간 존재의 유한성에서 비롯되는 운명적인 것이다.

그러나 세속 도시의 인간들에게 유한성이나 죽음은 철학자들의 그것처럼 고상한 방식으로 오지 않는다. 조현석 시의 화자들처럼 세상의 주변부에서 생존을 위해 쉬지 않고 노동해야 하는 존재들에게는 특히 그렇다. 그것은 예고 없이 불시에 찾아드는 질병을 통해서, 거울 속에서 우연히 발견한 흰머리와 주름살을 통해서, '생존'에 부적합한 체형 변화, 그리고 '경쟁'에서 밀려나 일순간 사회적 지위를 상실하는 정리해고 등의 방식을 통해서 온다. 조현석의 시편들에서 느껴지는 '불안' 감각의 기원은 이것이다. 이미 생의 절반 이상을 살아버린 한 남성이, '생존'과 '생활'의 차이마저 잊고 "마흔 지나 근 십 년 모든 관절에 삐걱거릴 정도로/걸어서 또 걸어서"(「쉰」) 오로지 '직진'으로만 살던 한 인생이, 불현듯 청춘의 시간이 모두 사라지고 자신에게 남겨진 초라한 육체와 모든 소중한 것을 잃어버렸다는 비애감에 사로잡힌다. 이러한 '불안'과 '비애'의 감정은 죽음만큼이나 절망적인 경험이니 이 상실의 감각이 그로 하여금 지나온 시간들을 되돌아보게 만든다. 소중한 무언가를 잃어버렸다고 느끼는 사람에게 중요한 것은 모두 과거에 있는 법, 이러한 상실감이 또한 현재를 무가치한 부정적 시간으로 경험하게 만드는 주요한 원인이 된다.

출근 후 컴퓨터 바탕화면의 작은 모래시계만 응시한다
작은 구멍 비집고 빠져나가려는 비만의 모래들
언제 멈출지 모를 셀 수 없는 불안 하나하나 헤아린다

잔혹한 햇살, 배려 없는 그늘, 뜨거운 바람의 채찍이여
땡볕 속 지치지 않고 말라갔으니 나 죽기 직전이다
온 뼈마디마다 살려달라, 고왔던 청춘 돌려달라 소리지른다

모래가 다시 돌아올 날 기다리며 은하수 위에서 노를 저
었다
그 사이 숨 쉴 틈 없이 돌아나가는 회오리의 생각을 나무
란다
하루의 청춘 홀랑 태워 뼈만 남은 퇴근길은 지독하게 아
득하다

말라비틀어진 생각 하나가 살찐 몸뚱어리를 측은해한다
―「자코메티의 언어로」 전문

한 사내가 있다. 조현석 시의 화자 대부분이 '출판노동
자'이므로, 이 시의 '나'도 동일한 맥락에서 읽어보자. 한때
그는 "다른 사람보다 먼저 출근해/땀띠 나도록 붙박여 일

하던"(「그 의자는 죄가 없다」) '오피스 코쿤족'이었는지도 모른다. 하지만 지금 그는 "빈 상점 늘어나고 이제 몇몇 상가만 남은 작은 상가 시장"(「노동절 백반 한 상」)에 위치한 출판사에서 하루의 대부분을 '활자'를 들여다보며 지내고 있다. 그는 자신을 "예나 지금이나 나는 쉬지 않는 강철노동자"라고 소개하지만, 모든 노동자가 쉬는 '메이데이'에도 쉬지 않고 일하는, "뼈 빠지게 일해야만 산 입에 거미줄 치지 않는" 노동자라는 점에서 '노동'의 세계에서도 주변적 존재임이 분명하다. 그는 아주 오래전부터 "직진밖에 모르는 성격"(「쉼」)으로 쉼 없이 노동해왔다. 그의 '노동'은 강철, 즉 단단함의 상징이 아니라 배고픔을 해결하기 위해 멈출 수 없는 생계의 수단, 즉 불안과 우울, 비애의 기원이다. 그의 노동은 '레드'보다 '블루'에 가깝다.

사내는 출근 후 컴퓨터 바탕화면을 마주하고 있다. 컴퓨터 바탕화면에는 지속적으로 메모리의 작동을 알리는 모래시계가 뜨고, 그때마다 사내는 알 수 없는 불안감에 휩싸인다. 사내의 시선은 줄곧 모래시계를 응시하고 있다. 그러다가 불현듯 그는 모래 입자들이 아래쪽으로 떨어지는 장면에서, 좁은 통로를 경쟁적으로 빠져나가려는 비만의 모래들이 수직으로 낙하하는 장면에서 '불안'을 읽는다. 다음 순간 '모래'는 "잔혹한 햇살, 배려 없는 그늘, 뜨거운 바람의 채찍"이 결합된 '사막(沙漠)' 이미지를 연상시킨다. 사막, 그것은 "갈증 심한 먼지의 시간"과 "핏줄 세우고 목청 찢어져 피 쏟으며/울부짖던 청춘의 반인반수 시절 이미 지났"(「사막을 읊다」)음을 알리는 고갈(枯渴)의 이미지이다. 모래시계의 '모래'가 불러온 '사막' 이미지는 "온 뼈마디마다 살려달라, 고왔던 청춘 돌려달라 소리지른다"라는 진술처럼 고갈되기 이전의 세계를 희구한다. 하지만 뒤집으면 반대 방향으로 흐르는 모래시계의 시간과 달리 '삶'이라는 생의 시계는 불가역적이어서 이러한 갈망은 영원히 도달할 수 없는 것에서 기원하는 비애의 감정만을 낳을 뿐이다. 조현석 시의 화자들은 항상 지나가버린 청춘의 시간 앞에서 머뭇거린다. 이상(理想)과 현실의 간극이 클수록 고통스럽듯이 사내가 자신의 현재에서 발견하게 되는 것은 "뼈만 남은 퇴근길"과 "살찐 몸뚱어리를 측은"하게 여기는 "말라비틀어진 생각"이 전부이다.

핸드폰을 켜고 페이스북 앱을 연다 대학 동기 하나는 페루 마추픽추 유적과 공중도시 돌담에 기대어 앉은 사진을 여러 장 띄워놓았다 스크롤하여 한참 내려가니 다른 친구는 눈 덮인 모스크바 붉은 광장과 1924년 사망 후 냉동 보관한 레닌 묘소 입구 사진을 올려놓았다
갑자기 전화벨이 울려 강제로 닫혔다가 잠깐의 통화가 끝난 후 페이스북이 다시 열린다 필리핀 해변가에 살고 있는 군대 후임은 커다란 바닷가재를 잡아 삶았으니 맛나게 먹으라는 메시지를 보냈다 한 시인은 갑작스런 아내의 부음 소

식과 식음을 전폐하고 싶다는 글을 써놓았다

　불현듯 페이스북 화면이 꼼짝하지 않는다 반지하 햇살 드
는 창 쪽으로 핸드폰을 뻗어 와이파이 안테나 몇 개가 더
뜨길 기다린다 날마다 올라오는 여러 친구들 소식들 부러워
하고 함께 슬퍼한다 대문 밖으로 나가길 잊고 지낸 지 오래
다 눈이 붉어졌을 시인에게 가기 전에 실컷 울어야겠다
　　　　　　　　　　　　　　　　－「페이스북에서 놀다」 전문

　모든 주변적 존재들이 그러하듯이 조현석 시의 화자들
역시 최소한의 공간적 이동만을 보여준다. 이따금씩 문상
객(「액자 뒤에서」)이 되고, 출퇴근길에 마주치는 풍경에 시
선을 두며, 영화관(「우는 팝콘들」)을 찾기도 한다. 하지만
시편의 대부분은 '집'과 '직장', 그리고 그 주변 세계가 공
간적 배경의 전부이다. 몇몇 인물들을 살펴보자. 「시리우
스를 애도하다」에는 휴일 새벽 사내에게 전화를 걸어 시
(詩)를 읽어주는 또 다른 시인－사내가 등장한다. 화자는
이 시인을 "외국 나가 공부하는 자식 등록금에 생활비까
지 보내느라/목구멍에 기름칠할 것, 제대로 된 입성 하나/
제 것으로 챙기지 않은 사내의 배만 자꾸 부풀어올랐다"
라고 소개하고 있는데, 시인－사내의 삶 역시 화자와 달라
보이지 않는다. 「뒷모습」에는 이주 노동자인 파키스탄인이
등장한다. 시인은 "프레스 날에/오른팔목을 물린" 그의 뒷
모습에서 먹고 사는 일의 고단함과 생의 쓸쓸한 이면을 발

견한다. 「갯벌의 첫 새벽」에는 "오후 세 시 짜장면으로 늦은 점심 때우다가 명예퇴직 문자 메시지 받은 만년과장"과 "20년 가까운 결혼 생활 종친 대학강사"가 등장하는데 이들 모두 세상의 가장자리로 밀려나는 무능력한 가장(家長)이라는 점에서 동일한 캐릭터이다. 이처럼 조현석의 시는 '나'에 대한 고백이든 타인에 대한 관찰이든 상관없이 가장자리에서 위태롭게 존재하고 있는 사내들, 특히 중년 남성들의 황폐해진 내면에 초점을 맞춘 경우가 대부분이다.

인용시에서 화자, 즉 사내는 '집'에 머물고 있다. 사내는 반지하 공간인 집에서 "창 쪽으로 핸드폰을 뻗어 와이파이 안테나"를 잡는 데 신경을 집중하고 있다. 그는 핸드폰의 '페이스북 앱'을 통해서 지인들과 소통한다. "대문 밖으로 나가길 잊고 지낸 지 오래다"라는 고백에서 알 수 있듯이 이 사내에게 '페이스북'은 외부 세계와의 유일한 소통창구이다. 그는 '벌'과 '나비'가 "떠돌고 떠돌다 밀폐된 씨방에 꼼짝없이 갇혀"서 "옥죄어오는 공명(孔鳴)의 고독만 갉아대"(「라일락에 갇히다」)듯이 '반지하'에 갇혀 있다. 그런 그에게 '페이스북'은 외부 세계를 향한 유일한 문(門)이지만, 와이파이가 수신되지 않으면 그것마저 불가능해진다. 이러한 세계의 불확실성과 외부-타자와의 단절 상태는 조현석 시에 반복적으로 등장하는 지배적 이미지이다. 그것들은 화자들의 위태로운 내면 상태를 암시하는 공간적 장치에 해당한다. 가령 "지친다 슬프다 괴롭다 그리고, 외롭다고 모두 드러내지 아프다 마구 떠들어대지 결코 그렇지 않으면서 폭염(暴炎) 때문이라 여기지 연옥(煉獄)의 벽 지고 앉은 고독 한 짐"(「고독의 주인」)이 '고독'이라는 감정의 객관적 상관물이라면, "찬 서리 뒤집어쓴 고단한 몸/어느 곳에 뉘어야 할까"(「꽃무늬 홑이불」)는 실존적 고독을 '여인숙'이라는 유동적 공간의 형상을 통해 표현한 것에 해당한다. 이러한 '고독' 상태에도 불구하고 인용시의 화자는 자신의 행동을 '~놀다', 즉 유희(遊戱)라고 진술하고 있지만 그것이 '울음'으로 끝난다는 사실은 이 놀이의 본질이 무엇인지 분명하게 보여준다.

　　해거름 지나 폐허처럼 적막해진 마을회관 건너편 세탁소 간판의 검붉은 녹껍데기 우툴두툴 일어난 고뇌들 군데군데 실핏줄 툭툭 끊긴 빨랫줄 묵은 시간에 짓눌린 주인 없는 외투 한 벌 덩그러니

　　갈라지고 바스러진 솔기 끝으로
　　수없이 뜨고 진 차가운 별, 달빛
　　바람 없이도 마구 뒤틀린 한 생의 순간
　　몸 사라진 이후 남은 고독은 독약보다 더 독해
　　쓰디쓴 독함 삭이느라 한 계절이 다 가고
　　또 다른 계절도 지나고
　　기억 희미할 시간마저 더 지나고

떨어져 뒹구는 여러 개의 금빛 단추
부서지거나 전혀 삭지 않는 사리들
허참, 아직은 푸르고 싱싱해

거침없던 바람 흔들거리던 고요마저 무시한 허공의 몸 따
스했던 시절 옷섶의 추억도 닳고 닳아 맨들맨들 세상의 기
억 모두 감추어버린 처마 밑 침묵의 풍경(風磬) 흔들흔들 오
래 멈췄다가 다시 흔들

　　　　　　　　　　　　　　　　　　　－「울컥」 전문

　카메라의 무관심한 시선과 달리 시에서 화자의 시선을
통해 묘사되는 '풍경'에는 이미-항상 그것을 응시하는 존
재의 내면이 투사되게 마련이다. 가령 백반집에서 "조금
식은 밥을/더 식은 국에 말아 먹"(「밥 한 공기의 희망」)는 사
내의 시선을 잡아끄는 '빗방울'의 존재가 기상 정보만은 아
니듯이, 이 시에서의 도시 풍경 역시 단순한 풍경만은 아
니다. "낡은 신발은 추억을 되새김질한다"(「낡은 신발」)라
는 말처럼 어떤 사물과의 우연한 조우는 우리를 과거의 한
순간으로 데려간다. 순수한 현재가 존재한다는 것은 관념
에 불과하다. 인간은 "때도 없이 달려들던 생각들"(「침묵의
기억」)에 노출되어 있으며, 문학은, 시는 그것에 대한 응답
에 해당한다. 이러한 응답의 절반쯤은 의지적인 것이라고
말할 수 있어도, 나머지 절반은 비의지적 것일 수밖에 없

다. 조현석의 시에는 시간을 되새김질하는 장면들이 자주 등장한다. "다시 기억하지 말아야 할 추억들"이, "되돌리지 말아야 했던 꼬깃꼬깃 접힌 시간들"(「천년만년의 속죄」)이 펼쳐지는 것은 "내 몫이 아닌 것"이다. "시간의 흐름은 오랜 기억 하나둘씩/도드라지게 하여 성나게만 하고/자웅동체의 고독은 여전히 치유되지 않고"(「되돌아오는 비」)라는 진술도 이런 맥락에서 이해할 수 있다.

삶은 '추억'이라는 이름의 시간이 무시로 '침입'하는 순간의 연속이다. "이별을 맛본 사람들은 앵무새처럼 똑같은 말만 되풀이하지 어디를 가도 어둠의 감옥뿐이라고"(「이별의 고고학」)라는 진술처럼 지나간 시간은 결코 '과거'로만 존재하지 않는다. 그것은 지속적으로 '현재'로 흘러들어 지금-이곳의 삶을 뒤흔들어 놓는다. 이러한 과거, 추억의 영향력은 현재적 삶의 불행에 비례하는 경향이 있다. 요컨대 현재적 불행은 '과거'를 향해 열린 지금-이곳의 문(門)이고, 강렬한 경험은 인간을 특정한 시간에 묶어두는 닻이다. 그러므로 '이별' 이후에는 다른 만남이 도래하는 것이 아니라 '이별 이후'의 시간이 이어질 뿐이다.

'울컥'은 '묵은 시간'이 현재의 문(門)을 지나서 되돌아올 때 발생하는 생리적 반응이다. 그것은 오래된 시간의 도래를 알리는 기호이다. 화자는 "폐허처럼 적막해진 마을회관 건너편 세탁소"의 빨랫줄에 걸린 외투에서 지나간 시간의 흔적을 읽는다. 시인에게 '주인 없는 외투'는 "몸 사라진 이

후 남은 고독", 즉 한때나마 그것을 걸쳤을 '몸', '몸'과 분리
되어 남겨진 '옷'의 고독을 상상하도록 만든다. 이처럼 시
인은 하나의 풍경에서 수많은 의미의 조각들을 발견하는
데, 그것은 곧 시인 자신이 그 풍경에 각별한 의미를 부여
하고 있다는 의미이기도 하다. 이 의미의 문법이 '시간'의
가역성에 기초하고 있음은 이미 알려진 바, 그것은 "몸 따
스했던 시절 옷섶의 추억"을 향해 거슬러 올라간다.

　　지나온 시간의 구덩이는
　　눅눅하고 검고 깊다
　　화창한 창밖 세상을 거침없이
　　지나가거나 달리는 젊은이들
　　나 역시 찬란하던 그곳을
　　지나쳐 왔다 말할 수 있을까
　　주마간산(走馬看山)
　　눈 껌뻑거릴 반도 안 되는 순간들
　　허리 굽어지기도 전에
　　숨 가쁘게 오십고개를 올라선다

　　무릎 아래가 밝거나 검다고
　　짧거나 길다고 어찌 단정하겠는가
　　스쳐 지나가는 그들에 편승하여
　　검은 구덩이 벗어나도록 내뻗어야 할 손끝

따라나서지 못할 정도는 아니니
아주 가늘고 길게 끊어지지 않게 이어가리라
다가오는 은밀한 시간 역시
의논도 않고 혼자 급히 달아날 것이다
늘 그랬듯이 마주할 뿌리 친친 감으려면
열 손가락 힘껏 쫙 뻗어야만 한다
　　　　　　　　　　　　　－「내일의 뿌리」 전문

　"지나온 시간의 구덩이는/눅눅하고 검고 깊다"라는 하나
의 문장이 삶에 대한 모든 것을 응축하고 있다. 조현석의
시집을 관통하고 있는 정서는 '고독'이다. 도시에서 나고
자란 사람이 도시에서 느끼는 고독, 현재적 불행으로 인해
모든 소중한 것들은 과거에 있다고 생각하는 자가 느끼는
고독, 그리고 나이가 들수록 세상의 가장자리로 밀려나는,
그럼에도 불구하고 여전히 고단한 노동의 세계를 벗어나지
못하는 중년 사내의 고독 등이 겹쳐져 견고한 고독의 세계
를 형성하고 있다. 시인은 '지금' 지나온 시간을 되돌아보
고 있다. 여기에서 '지금'이란 숨 가쁘게 올라선 '오십고개'
를 가리킨다. 그는 창밖으로 빠르게 달려가는 젊은이들의
모습을 바라보면서 자신의 생이 "찬란하던 그곳"을 떠올린
다. 그에 비하면 "냉수 한 사발에 한 주먹 가득 약을 먹"
(「불편한 밥상」)어야 하는 지금은 얼마나 무가치한가. 그는
"흘러간 시간을 되돌려 산다는 것은 피 말리는 일"(「세도나

에 서다」)임을 모르지 않지만 실존의 시간은 자꾸만 "찬란
하던 그곳"을 향한다. 흔히 '오십'은 하늘의 뜻을 아는 나
이[知天命]라고 말하지만, 조현석의 시에서 그것은 생의 고
독을 온몸으로 견뎌야 하는 나이이다. 그의 일상은 여전
히 "일은 끝이 보이지 않고", 실존적 결핍에서 비롯되는 갈
증으로 인해 "늘 목이 마"(「보름달은 60촉」)른 상태이다.

　　　늦은 겨울 아침과 점심 사이
　　　백반집 한 켠에 앉아
　　　조금 식은 밥을
　　　더 식은 국에 말아 먹을 때
　　　한 방울 두 방울 떨어진다
　　　비, 비, 비, …… 빗방울
　　　늙고 성질 급한 나무들은
　　　벌써 알몸 되어 모조리 맞는다

　　　메인 목으로 미끄럼 태우듯 밥알 넘기고
　　　반찬 몇 점 욱여넣은 뒤
　　　젓가락 숟가락 밥상 위에 가지런히 놓고
　　　신발 뒤꿈치 구겨 신고 담배 한 대 물고
　　　백반집 문 열고 어슬렁거리며 나서는데
　　　이런 벌써 허기가, 또 배가 고파온다
　　　만만하지 않은 세상살이

만만하게 살아가야 하는 법을 배워도
정말 모른다, 기억하려 해도 자꾸 잊는다

지하 사글세방으로 돌아가는 길
든든해지지 않는 그 밥 한 공기의 우울이
순식간에 내린 빗물에 흠뻑 젖어버리고
조금씩 보기 좋은 솜털 같은 눈송이로 변해
얼어붙은 세상을 포근하게 뒤덮어
가끔은 희망이 될 때까지……

　　　　　　　　　　　－「밥 한 공기의 희망」 전문

　사내의 일상은 "또 다른 비만의 하루가 변함없이 시작된
다"(「일용할 양식」) 그의 하루는 "도저히 일어날 수 없는 석
회질의 아침"(「오십견」)으로 시작하여 "저물녘 슬그머니 다
가오던 불안"(「울게 하소서」)으로 마무리된다. 그것들의 가
운데에 노동의 시간이 있다. 그의 노동은 "검은 글만 가
득한 세상이다 하루 종일 표지부터 더듬더듬 점자책 읽듯
끝장까지 훑은 뒤 뒤표지를 보면 어느새 검붉은 노을이다
순간 발화점에 다다른 세상을 한 곳에 가두는 자물쇠이
다"(「불타는 책」)라는 진술처럼 '활자'와 '책'의 세계를 가리
킨다. 이 노동의 시간이 끝나면 그는 다시 "지하 사글세방
으로 돌아"간다. 하지만 그는 그곳에서 "오래 깊은 잠들지
못하"(「울게 하소서」)는 '불면' 상태이거나, "기쁘거나 슬프거

나 혹은/노여워지거나"(「너무 즐거운 불면」)를 반복하는 '너무 즐거운 불면'을 반복한다.

사내가 백반집에서 "조금 식은 밥을/더 식은 국에 말아" 때늦은 아침을 먹는다. 그런 사내의 쓸쓸한 식사 풍경을 배경으로 불현듯 창밖에 빗방울이 떨어진다. 쌀쌀한 겨울 아침, 인적이 드문 백반집, 그리고 예고 없이 떨어지는 비, 온몸으로 비를 맞는 헐벗은 나무들이 어우러져 만드는 풍경은 사내의 내면을 닮았다. 허기를 달래는 것으로 끼니를 해결하고 식당을 나서던 사내는 또다시 '허기'를 느낀다. 「보름달은 60촉이다」에서의 '갈증'이 단순한 생리현상이 아니듯이, 여기서의 '허기' 또한 배고픔이 아니다. 그것은 충족되지 않은 존재감에서 비롯되는 결핍의 신호, 아무리 많은 양의 음식을 섭취하더라도 결코 해결되지 않는 심리적인 현상이다. 세상살이가 만만하지 않다는 것, 사내는 한 그릇만큼의 '우울'을 섭취하고 다시 '지하 사글세방'으로 발걸음을 옮긴다. 그 무렵 내리던 빗방울이 "솜털 같은 눈송이"로 변해 세상을 점점 하얗게 뒤덮기 시작한다. 이 눈 내리는 풍경을 바라보면서 사내는 '눈'이 '얼어붙은 세상'을 포근히 뒤덮음으로써 '희망'이 되는 순간을 기대한다. 하지만 그것은 "만남과 이별은 자웅동체라 외롭지 않아"(「치유의 핑계」)라는 주장만큼이나 의도된 거짓말이다. 소중한 사람의 죽음을 경험하는 일이 그렇듯이, '이별'은 아무리 '습관'처럼 자주 반복된다고 해도 그때마다 마음에 깊은 상흔을 남긴다. 마찬가지로 '만남'과 '이별'이 서로를 위로할 수는 없으니, 그것은 기껏해야 '핑계'가 될 수 있을 뿐이다. '얼어붙은 세상'을 하얗게 뒤덮는 '눈'이 "가끔은 희망"이 될 수도 있지만, 그것은 '잠'이 일시적으로 '고독'을 망각하게 만들 뿐 해결하지 못하는 정도의 희망일 수밖에 없다. 살아간다는 것, 그것은 결국 이 '고독'을 견디는 일이 아닐까.

시인수첩 시인선 019

검은 눈 자작나무

ⓒ 조현석, 2018

초판 1쇄 인쇄 2018년 12월 7일
초판 1쇄 발행 2018년 12월 21일

지은이 | 조현석
발행인 | 강봉자·김은경

펴낸곳 | (주)문학수첩
주 소 | 경기도 파주시 회동길 192(문발동 513-10) 출판문화단지
전 화 | 031-955-4445(대표번호), 4500(편집부)
팩 스 | 031-955-4455
등 록 | 1991년 11월 27일 제16-482호

홈페이지 | www.moonhak.co.kr
블로그 | blog.naver.com/moonhak91
이메일 | moonhak@moonhak.co.kr

ISBN 978-89-8392-731-6 03810

「이 도서의 국립중앙도서관 출판예정도서목록(CIP)은 서지정보유통지원시스템
홈페이지(http://seoji.nl.go.kr)와 국가자료공동목록시스템(http://www.nl.go.kr/
kolisnet)에서 이용하실 수 있습니다.(CIP제어번호: CIP2018038044)」

* 파본은 구매처에서 바꾸어 드립니다.